卜衮雙語詩集一

Panhaizuzuan mas vali
太陽迴旋的地方

Bukun・Ismahasan・Islituan

卜　衮・伊斯瑪哈單・伊斯立端◎著

maz a sian tu ahil hai paitu

— tainus'uvaazku kini'adas'adasku maisnanavaku

tu

nastama

mas

nastina

本書謹獻給

— 生我的引領我的教育我

的

父親

和

母親

Bukun

6H. 10B. 2003P

沒有文學的語言是沒有希望的

　　卜袞離開自己的故鄉，長期在台中縣的中學任教。可是他實在熱愛自己布農族的語言，他擔任高雄縣母語教材布農語編輯，然後是政大負責的「教育部九年一貫族語教材」系列的「郡群布農語」課本（2004）的編輯委員。現在這套課本成為學校教學使用與族語能力認證依據的課本。

　　事實上，他在族語是下過功夫的，和同鄉族老林太（Mahasan Dahu）的合作上，有1998《走過時空的月亮》，用族語記下神話、歌謠、民俗，有2001《Isbukun布農語構詞法研究》。兩書都在出版的次年與當年獲得政大負責的「教育部獎勵原住民民族文化研究著作獎」。

　　不過，我認識他，遠在這些事情之前好多年，上個世紀的事。地點在高雄縣的三民鄉，現在改名叫那瑪夏鄉，他的故鄉。那時，我們都為族語衰微憂心，他豪情壯志說「沒有文學的語言是沒有希望的」。這句話讓我深刻記住。不過往後多

年，大家都用「劇情」取勝的神話來強調原住民族有文學，然後用「國語」來傳頌這些具有創造力的神秘想像，忘了神話的語言。然後個人又忙於經營團隊來編輯大規模的族語課本，全神應對於族語應該結合現代生活，族語應該進入學校教學，忘了族語可以是文學。

　　他在用舊姓名林聖賢的時候，說「沒有文學的語言是沒有希望的」，布農語還是日常說的布農語，沒有帶來可以感動人心的力量。現在，他不當聖賢，不再坐而言，他起而力行，拿起筆來當詩人。

　　卜袞說要出版布農語詩集了。他使用的是規範書寫系統，他用既有布農語詞彙無礙表達現代的感情。有這樣的詩，可以解大家多年來的憂。

　　　　　　　　　　政治大學原住民族研究中心主任　林修澈

【推薦序】

族語讓太陽迴旋
——對卜袞雙語詩集出版的感想

　　這些年來，我較專注於台灣原住民漢語文學的推動和研究；因而，許多人懷疑：我是否已經放棄了族語文學的發展？二○○○年起，爲了漢語書面和族語口傳在整體原住民文學中的平衡呈現，我開始組織隊伍、整理、翻譯原住民各族主要的祭儀文學，希望很快集結成冊，能與已出版的《台灣原住民族漢語文學選集》（共七冊）並列，方便閱讀、研究與教學。即使如此，我在原住民族語文學方面的涉入，仍然局限在古典祭儀的記音和譯註工作上；遠遠談不上對族語文學「創作」情況的瞭解、支持與參與。這正是我虧欠並敬佩卜袞（Bukun Ismahasan Islituan）的地方。

　　二○○一年八月，卜袞和我們一行人有一趟內蒙古之行。在響沙灣酒後聆聽他對用布農語寫詩的執著與熱情，一定是蒙古朋友處處以族語寫作、以族語吟詠的表現，深深觸動了他的痛處。他之前（1999）在晨星出版了他的布農語詩集《山棕月影》，而內蒙古的經驗，顯然更加堅定了他的信念。長久以來，卜袞投入布農語的研究和族語教材的編寫，族語愈來愈成了他文學創作的第一語言。他驕

傲的宣稱自己是「布農族語詩人」，透露他對祖靈和祖先說的話永不退讓的孺慕之情。

其實《太陽迴旋的地方》（Panhaizuzuan mas vali）這本雙語詩集，卜袞很早就打印編輯好了，還配上質樸的版畫插圖，去年（2008）初便交到我手上，希望我們能找人出版。正如意料中的情形一樣，沒有任何出版社有興趣。作為一種獨特的文學型態，即使是用漢語書寫的原住民文學，都很難找到出版的通路，更何況是族語的作品。這是我們原住民文學發展最大的阻礙和痛苦！對於這樣的情況，十幾年來政府相關機構冷漠以對，任憑我們孤軍奮戰、在火縫中求生存。若沒有像卜袞這樣堅定的靈魂，原住民文學根本就不可能形成。也正因為如此，除了感動於卜袞和其他仍堅持走原住民文學之路的原住民作家們外，對晨星出版社長年的陪伴，更有雪中送炭、倍感溫暖的感受。

卜袞的詩作，主角永遠是「布農族」。自稱為「人」的「Bunun」，事實上不是孤立或高出於「大地」的另一種存在，「人」和「大地」源自於同一個母系。卜袞說：

「是誰給我們取的名呢？
我們和草樹是親戚
我們和瀑布漩渦是親戚

我們和住在水中的是親戚

我們和天上飛翔的是親戚

我們的父親和母親是同一個」——〈地球上的血緣友氏族〉

這正是布農祖先的信仰，反映在卜袞每一篇詩句中。但是，當人（Bunun）不再會說祖先的話，便不再能懂得祖先的夢，我們因而喪失了與「大地」對話的能力：

「布農人的後代給狗施了咒

說話自言自語

老鷹聽不懂

百步蛇聽不懂

猴子聽不懂

白腹老鼠聽不懂

拿走舌頭的人竊笑著」——〈夢不接續〉

結果是：「人類變遲鈍了／人類亂了譜了」（〈懲罰〉）；「父親的心被鬼裝進酒瓶裡／好迷惑小孩子的眼／只有花白的耳聾的老人看得懂」（〈嬰兒哭的聲音〉）。語言一旦無法開顯意義，人倫也開始失序：「你們飢餓於妒忌／你們飢餓於貪圖／你們飢餓於講是非／你們飢餓於當首領／你們飢餓於交友／你們飢餓於出風頭」（〈牢〉）。代溝與隔閡，語言不再扮演溝通的角色，卻是一切混亂和

誤解的根源。這樣的失序狀態，從「Bunun」的眼光看，也氾濫到他的親戚——「大地」：

> 「公雞不按時辰隨意鳴叫
> 像不守禁忌的人隨意放屁
> 海上來的氣流不斷更換
> 就如種在山上的樹一樣
> 山豬不再築巢
> 蜘蛛失去了絲線」——〈蜷坐了的月亮〉

這便是卜袞詩學的總邏輯，他對「族語」消失的焦慮，就是他對布農文化的焦慮，也是他對「人」（Bunun）的焦慮，更是他對「大地」的焦慮。他之所以堅持要用族語創作，那是因為他相信，族語可以讓他找到祖先的路，召回布農的文化，重構「人」（Bunun）的意義，和「大地」重新對話。這是一種迴旋，是族語讓太陽迴旋，是詩讓大地迴旋。

在蒙古沙漠邊緣響沙灣蓄勢待發的卜袞，經過十年的沈潛，繼他上一本詩集，在同一家出版社，再一次演練用族語、用詩迴旋「大地」的招式，身手顯得更沈穩、豪邁。

政治大學台灣文學所副教授　孫大川（paelabang danapan，卑南族）

Istungab tu halinga

Matuhnaang mas izuk masuaz

Masa niang a maikusnadazu mas maikusnabala a minihumisan kausia Lamungan tu dalahtin hai nauin a Bunun tu pasihahaimuin sia Lamungantin. tis'uni a saikin mas maupatia tu saiduan at aupa maku'uniik mas itu Bunun tu patasantin malisBunun mapatas mas ahiltin.saikin mais mapatas patasantin hai pattangusanangku malisBunun mapatas at aupa palisTauluuninku mapatas. pahasia mais sahal malisBunun tu patasan hai mastan masialis satangusang malisBunun tu paitasantia at aupa saduis malisTaulu tu paitasantia. maz a ingadahtin a papaitasan hai mastas inisiananku sia huma tu taluhan matnahtung mapatas. masa laupangik taudiip hai ukaang a palusiuhun mais labian,mais mapatas hai makulusukang malusiuhis mapatas. aipintin masa aizin a dimalsapuz a palusiuhun. maivia tu asik taudiip is? aupa kaupas isia libus tu labian a kata mahtu mapunahtung mapatalidamu mapalaungkaduu a isaang mas mailantatangus.mais isia manungsivan tu labin; mais isia madumdumdaingaz tu labian;

mais isia baunan tu labian; mais isia mutmutan tu labian; mais isia hudanan tu balivusan tu labian;mais isia makazavdaingaz tu labian; mais isia masan minsuma a patishuan kusbabai tu labian hai maszang mas tantungu tu mailantangus tu dahis saduan.kaupas isaang a mahtu usaduas itu mailantangus tu dahis.

Maz amin a iskakaupa a minihumis hai aizaan amis makan'anak'anak tu issasadus dalahtin mas tus'atin tu sikal. ung at, sinaivan amis taungkul tu pakadaas Dihanin masaiv mas buklas tu na issihumis. pahasia kazik ka asa makupatasantin mapalaang mas saiduanku tu itu mailantangusang tu sinumbangan.aupa maka ma'uni a Bunun maapatas mas itu mailantangus tu saiduan iniliskinan mas sinihumisan tu buklas at itu mailantngus tu ispalinanutu tu hansiap hai tanamik mattatanam mapatas. na asaang mapishaiap mailalangna maikikingna tu aiza hang a itu mailantatangus a makitvaivi a issasadus itu bununtin tu isaang dalahtin tus'atin a buklas at mahtu pin'unius

patasantin mapatas sia ahiltin.a mahansiapik amin tu supahang a Bunun a mastanku mahansiap malisBunun at mastanku mahansiap mapatas. ka, adu mahtuang a kamuun ni tu makadim masaivang masunuang mas imu tu hansiap taiklas buklas, tis'uniang imita tu mailalangna maikikingnatin. kitngab amin malisBubunu mapatas mapalas imu tu kadimanun tu laihaiban sia nastutin tu buklas. na isusang na ispihunduhang itu maikikingnatin tu nakanadaan tu daan. a maz a sian tu saiduan hai maisimainduduazang tu inak tu aikas'angan.

Tutuza tu uninang maisnanavaku tu madadaingaz. ana tupa tu mudaanin aupa udiipang aupa, isainiktin maikusnaisaang tu uninag imu tu singkadaidaz. sia tasa mas pasahalanku tu pakadaidazanku tu bunun at inak tu tas tu lumah tu masituhas masinanauba tu tas'an tu sinpatimananuku. niik amin sipungul mas inak tu uvaaz mas pasidusdusanku tu maluspingaz i ukaan a naias tinuhnaanku tu malkapatasan tu itu Bununtin mas itu Bunun tu sinihumis. maz a sian

tu ahil hai ni tu ininkatinianku. aiza minindangazku makuKangpiuta mapats a kunian tu Okai a Saisit tu minihumis.aiza tatini a Pailihansaipankus malisTaulu a kunian tu Lin tiung lau masnanava. aizaang a tatini a ailuskunanku sia Hu cung tu pasnanavaan a kunian tu Ung pu cuan masnanava a, paisisingavankus malisBunun tu PaPaitasntin tu saiduan hai taihunduh a isaitia a saiduan mas inak tu saiduan tu maz a malisBunun a paitasanin hai mahtu min'unis bunggaku. sia duma mas maipatas mas istungab tu halinga tu mailanngangaus maapatas patasa'ahil tu 林修澈、孫大川. na tunahtung hai isaintinik matumasling mas maipalatasbas paitasankutin tu ismantukan mas 國家文藝基金會, aupa mahtu a naia kitbahlu masuaz mas bahlu tu saiduan sia Lamungantin tu dalahtin. uninang amis 晨星 出版社 tu sinindangaz, mahtu mapanatpus kinukuzkuzaantin. Isainiktin masiaupa sia iskakaupa tu minindangazku tu bunu tu unindaingazang mamu.

【作者序】
再種柚子

當外來的民族還沒有來到拉莫灣這塊土地時，布農族人早就在這塊土地上唱祈禱小米豐收曲了。因為這樣的緣故，我選擇使用布農語和布農文字書寫文章。我在創作時，會先以布農族語書寫再翻譯成中文，所以，如果看得懂布農語的話，最好先閱讀布農語再閱讀中文的部份。這本書裡面的文章，大部分都完成於我山上的工寮。剛住進去時，裡邊沒有什麼照明設備，寫作時都用蠟燭照明，電燈是後來的事了。我住到那兒的原因，是因為只有在森林的夜晚，心靈才能與祖先相見、接觸、契合。在寧靜的夜；再黝黑的夜；在月光皎潔的夜；在雲霧迷漫的夜；在螢火蟲漫妙飛舞的夜裡，我彷彿看到不同祖先的臉來拜訪。只有心靈才看得到祖先的臉。

所有的人類都有自己看世界和宇宙的窗口。天神也給全人類囱門／天窗的管道好賜予智慧以生存。所以，我僅想以文字留下對祖先的所見。因為，鮮少有人寫有關祖先的看法、思想、生命智慧；以及敘述的方式。所以，我嚐試書寫，好讓後代子孫曉得，原來我們祖先有特殊看人性、世界、宇宙的智慧可以書寫成書。我也清楚知道有很多人的族語說的比我好，文章寫得比我優，你們或可

為了後代子孫不吝惜的賜與傳下你們的知識、學問、智慧。並且開始使用族語寫下你們的生命智慧，以增加、穩固後代子孫的路。而這個想法從年輕就一直是我的遠景。

我非常的感謝教導過我的長輩們，不管是已離開人世的也好，或者是還健在的也好。那些鼓勵我努力的舊雨新知以及我家中的兄長弟妹們，在此也衷的致上謝意。也感謝我兩個兒子和我的伴侶，在我寫作和文化探索的路程中給我的支持。這本書的出版並非我一個人完成的。我要感謝幫我打字的賽夏族朱黛華小姐，指點我翻譯中文的林瓊瑤老師，另外，有一位我在后綜中學時的同事翁柏川老師，我經常向他請益有關布農語寫作的看法，他的見解更堅定了我對布農語創作成為文學的看法。還有賜序給我的林修澈教授、孫大川教授等作家前輩。最後，我要感謝讓這本書通過審查的評審委員們和國家文藝基金會，因為你們讓拉莫灣這塊土地種下了新的思維，也非常感謝晨星出版社的幫助，完成本書的出版，謝謝。

註：Lamungan（拉莫灣）是布農族人對台灣的稱呼。
　　Bukun 10H.4B.2009P

目次

推薦序　林修澈 ··· 4

推薦序　孫大川 ··· 6

Istungab tu halinga ：Matuhnaang mas izuk masuaz
（作者序：再種柚子） ··· 10

1. Taingisas ubuh tu uvaaz（嬰兒哭的聲音） ················· 20

2. Mupaluh a lukis ── paitu 921（樹倒了──給921） ········ 26

3. Malinatampuin tu buan（蜷坐了的月亮） ················· 30

4. Maltatakzangin tu paan（仰躺的酒瓶） ·················· 34

5. Dihanin tu bahbah ── paitu Mathew Lien
  （天神的淚水──給馬修連恩） ··························· 38

6. Kunglit（長尾山娘） ·································· 42

7. Takisia isaang tu hazam（居住在心坎兒的鳥）··········· 46

8. Malalia tu usaviah（變調的烏紗岸）·········· ··········· 50

9. Niin a taisah mapalaungkaduu（夢不接續）··········· 54

10. Luluman（牢）········· ··········· ··········· 56

11. Kaviaz tu takiadalahtin（地球上的血緣友氏族）··········· 60

12. Pinsahtuun（懲罰）··········· ··········· ··········· 64

13. Isaang —— paitu 228（心念——給228）··········· 68

14. Malsapah haidang tu mulung（口含著血的島）··········· 70

15. Dihanin tu sing'av（天神的聲音）··········· 74

16. Linubun tu bunbun（煨熟的香蕉）··········· 78

17. Sinpalkaun（餌）……………………………… 82

18. Sihalimudung（裏）……………………………… 84

19. Baintusas nipun tu havit（被拔了牙的百步蛇）………… 88

20. Lapus'ang（憂鬱鳥）……………………………… 92

21. Usaviah（烏紗崖）……………………………… 96

22. Tinahudas（祖母）……………………………… 100

23. Taisahan（夢境）……………………………… 104

24. Maindu（年輕）……………………………… 108

25. Takiu'uludun tu lipuah（居住在山裡的花）……………… 112

26. Paitu mudanin tu nastama —— na muhnaangik min'uvaaz tu isu
（給走了的父親——我要再次成為您的兒子）……………… 116

27. Painunahtungan（際遇）．．．．．．．．．．．．．．．．．．．．．．．．．．．． *122*

28. Panu（倦）．．． *126*

29. Painghaisan（代溝）．．．．．．．．．．．．．．．．．．．．．．．．．．．．．．．．．．． *128*

30. Hanup pasilaiti mas Buan（狩獵群舞與月神）．．．．．．．．． *132*

31. Bintuhan mas pushu（星辰與塵埃）．．．．．．．．．．．．．．．．．．． *134*

32. Nungsiv（靜）．．． *136*

33. Sikvin（角落）．．．．．．．．．．．．．．．．．．．．．．．．．．．．．．．．．．．．．．． *140*

34. Itu tina tu minutaul tu bahbah（媽媽流走的淚水）．．．．．． *142*

35. Adu udiipang a bading a（不知爐灶還在否）．．．．．．．．．．． *146*

36. Na asa tadau sumbang（我想要呼吸）．．．．．．．．．．．．．．．． *150*

Taingisas ubuh tu uvaaz

Malkazingking a vakal a itu uvaaz

Maszang itu sidi tu vakal tu mal'a'apav sia davaz tu inama

Maldadaukang a uvaaz'ikit tu pa'a'amas ubuh tu vai

Niin a uvaaz kukunkus abulakili tu laas

Tu

Mapahahalav pali'i'ias paan tu naiskuniv

Pishanimumulmul tatangis a ubuh a inama a

Kaupis malinatatampuin tu madadaingaz a ithaal

Kididikus a uvaaz mas paan

Maupas hahanup tu bunun tu andikus hainupan tu hainhain tu sakut

Patinpakasus itatapa tu kamasia a itu uvaaz a mata

Maupas mat'a'aval tu bununis sadus tinpakaspakas tu mata tu aval

Paus titi a tama mas uvaaz mitala

Maupas sinapsakut tu malsisivit mas nais'ukas isaang tu titi

Uladingus hanitu a itu tama a isaang sia paan

Naispinlalivas itu uvaaztia tu mata

Kaupas mahudasin tu matauhtingin tu madaingaz a sahaal

嬰兒哭的聲音

嬰兒的腿懸垂著
好像山羊露在網背袋外的腿
小小孩仍舊要背小嬰兒
小小孩不再撿拾油桐樹籽
在
強取豪奪了用來炫燿的酒瓶
背上的嬰兒傳出悠悠的哭聲
僅剩蜷坐的老人家聽得懂

小孩子提著酒瓶
就像獵人手中提著獵獲的山羌後腿
置物架上的彩色糖撐亮了小孩的眼
像獵飛鼠的人看到樹上的飛鼠睜大的眼
父親像野獸般被小孩伏獵著
彷彿黃鼠狼盯著將斷氣的獵物
父親的心被鬼裝進酒瓶裡
好迷惑小孩子的眼
只有花白的耳聾的老人看得懂

Luluang a asu mais hanian

supah saduan sia paan a itu tama a dahis

Maszang susuak saduan mais iskadaan

Minsimuk a huma tu kakunulkunul a itu lukis a buhtung

Taimazamazav a hazam tu babasun a lis'a'ama a sidibakbak a

Tatangis a inama a ubuh

Luluang a asu   luluang a asu

Maz a hazam hai niin katatasas papanduan tu lukis

Aiza itngangiavun ta'azaun maikusna'inama tu ubuhtia a sing'av

Mani itu tinahudas tu sinpisdadaidaz ta'azaun

~~~~Ukis kata Bunun~~~~

~~~~malatpuin a kata a Bunun~~~~

Ni bin hau kamuun tataihuan tu~~~~

Maivia tu~~~~

Na maszang tinispatauhtis tu titi tu situkulaaz tu ?

~~~~

Maszang itu tamahudas tu sintubauszang tu sinpalistapang ta'azaun

~~~~

Huu~~~~pikaung ha

Tumananu

Kazik tahu

狗兒白天噑叫

酒瓶裡看到很多父親的臉

像發燒時看見的幻覺一樣

樹的枝節長了瘤使田地發荒

鳥遊盪是因可交配的公羊被毒害

背在背上的嬰兒哭泣著

狗兒在哀噑　　狗兒在哀噑

鳥已不再擇一樹棲息

恍若聽到背上嬰兒傳來的聲音

像似祖母叮嚀勸慰的歌

~~~~ 我們布農人沒了 ~~~~

~~~~ 我們布農人全滅了 ~~~~

難道說；沒有人告誡過你們 ~~~~

為什麼 ~~~~

瘦的像被夾獸器夾到的野獸呢？

~~~~

像似祖父豪氣頌功的曲音

~~~~

噢 ~~~~ 我們要怎麼做呀

真實勇敢的說

我要告訴你們

Na laktanav

Vus valanu

Makatdamu

Na uvaaztin

Na ma'akvut

Lumahhazam

Na taubusul

Pismamangan

Tauhailian

Pisbubusvit

Saubatuav hau

Inalumah

~~~~

~~~~

Minkukunkunang a uvaaz makalumahlumah tu buav

Tatangisang a inama a ubuh a vai a

Kaupis sisis'anin tu madaingaz a mathasang

要放棄

毒藤汁液

緊抓住

孩兒們

要照顧好

家裡的鳥

拿起獵槍

展現能耐

帶上佩刀

展現力氣

用石頭砌起

家園哪

~~~~

~~~~

小小孩仍沿著庭院挨家挨戶撿拾

背上的嬰兒仍在哭泣

僅剩下一絲氣息的老人家了解

Mupaluh a lukis —— paitu 921

Patkailasan a takiangadah dalah a hanvang

Maukbas a saia lisuhna masabah

Ankilkilun a itu bunun a isaang

Tiska a kalapatan

Muntunuh a ludun

Labaunku a dalah

Mupaluh a lukisdaingaz malsaibalat nastu dalah

Panpulpul a sinuk pantapaztapaz sia nastu

Samazmazavan a lamis a itu lukis a saduan

Maszang tanuduh tu ima tu pusauzatun dihanin

Mani

Tu'u'upa tu

Sidangkazavik

Sidangkazavik

Sidangkazavik

Pasavai a takia'ispus mas takianing'av a 'iv'iv pasibubutbut

Na asa sa'unis tus'atin

Sivazisun a ulus a itu dalahtin

樹倒了──給921

地底下的鹿被驚醒

它翻身再睡

人的心驚動顫抖

崖壁崩裂

山峰塌落

土地隆起

大樹頹倒躺臥地下

鳥巢地上破碎堆疊

樹根無助地外露

好像伸向天空的手指頭

好似

在說

扶我起來

扶我起來

扶我起來

高山的氣流與海洋的氣流比賽拉拔

為了要擁有節氣

地球的衣襟被撕裂

Sitaisun a kaung a itu dalahtin

Tangis a dalah tu sidahpaun

Insuman a batus puhzai tu madanghas

Baintuhan hai maltasatasa saduan sia dihanin

Hai tu

Mais madumdumdaingaz tu labian

Hai

Pasisiklung a naia san'apav

Damuhan hai maibahbah tu bintuhan

Sansinghalsinghal sia ispul tu mailukis

Maszang patishuan mais sansinghalsinghal labian tu

Saduavik

Saduavik

Tun'u'uni a damuh mas 'iv'iv kusbabai mais labian

地球的皮膚被生剝
地球疼痛哭泣
石頭長出了紅色的斑癬

天空的星星看起來是一個一個的
不過
在黝黑的深夜裡
卻
成群結隊出現
露水是星星的淚水
閃爍在枯樹新芽上
好像螢火蟲閃閃發亮著說
看我
看我
夜裡露水總是乘著微風巡弋著

樹倒了——給921 29

Malinatampuin tu buan

Mauksuhissuhis a buan mas vali

Maupas istatahis Dihanis hanivalval tu is'as

Isbutuin a maikatukatu a singkus

Maupas maduh tu ispu'uhut

Niin a lukis talihuhunduh dalah

Ukis na kanadas katukatu kalalumah

Tumazamazavin a tamalung a tulkuk mais tu'i'ia

Maupas ni tu matuasamu tu bunun tu kikitmangis matatunus

Mauk'u'uvaiv a tus'a maikusnaning'av

Maupas sinpat'u'uvaiv ludun tu lukis

Niin a takilimun kadidilmun

Is'ukanin a katukatuas naiskalalumah tu katukatu

Malinatampuin a buan

Lumus kunian tu tus'a

Pinsanamazun mas kunian tu pakpak tu hanitu

a itu uvaaz a mata

Antatabanunis pakpak tu hanitu a uvaaz

Tu

蜷坐了的月亮

月亮與太陽來回穿梭著
好似天神編織彩虹的針杵
蜘蛛的絲線變得脆弱
像小米患了斑點病一般
樹木已不能牢牢抓緊土地
蜘蛛找不到可以蓋房子的據點
公雞不按時辰隨意鳴叫
像不守禁忌的人隨意放屁
海上來的氣流不斷更換
就如種在山上的樹林一樣
山豬不再築巢
蜘蛛失去了絲線

月亮已蜷坐
被叫做歲月的圈圍
小孩的眼睛
讓大耳鬼給廢了
小孩常被長髮鬼擄走
當

Niin patnganganan

Tukakivus buan a vali

Tu

palaavik

palaavik

I

Na mapiskaina masu sia daantin

Aiza uvaaz a sakakiv

At

Ni tu pan'utung

Sisipulus Dihanin a bahbah a itu madadaingaz

Bukun 12B-1999P

不再為他取避邪的名字
月亮對太陽最後叮嚀著
說
留下我
留下我
因為
我將成為你路上的牽絆
有小孩子回頭望了一眼
並
未停滯
天神正數算著老人家的淚滴

Maltatakzangin tu paan

Sakakiv a vali sia ludun

Issankaupa a nanghat a isaitia

Aiza madalimdim a mata a matusisiahut valitia

Saiduanin mas masaitia a singhal a

Sia

Tataisahun tu dadanian

Maikusnasikal tu tanuduh tu bunun

Maikusnahudhud tu hinaulus bunun

Maikusnangadah sia isaang tu hinabis bunun

Pusauzatun sia a ima tu na siza

Hai ka

Isdumdum a dihanin

Pahaisas makazav tu isaang a nasumbangus bunun

Paias hus'ul tu sinpasanpapanah bunun a itu vali a nanghat

Maka'apav a hazam dihanin satatulunas bunun

Aizaas lulubunun tu hazam

Aizas lulubunun tu hazam

Mapatu'unu'unu a sinadu a bunun

仰躺的酒瓶

太陽在山頭看了最後一眼

將他最後的溫暖散出

有模糊眼花的眼注視著太陽

他曾經見過這個亮光

在

夢中常常出現的地方

從人的指縫中

從人的脖子懸掛的地方

從人隱藏在心中深處的地方

他伸直了手想取下光亮

可是

天卻暗了下來

寒冷的心阻隔了人要呼吸的氣息

人類戰爭的煙火阻擋了太陽的暖意

有大鳥從上空飛過被人由背後瞧見

懷著蛋的鳥

懷著蛋的鳥

瞧見的人互相傳誦著

Lishaiding masabah a saitatulun a bunun a sia tanngadah sintaulaving

Pandidanganin a singhaili a tu pandamuhan

Maz a maisapah tu hangvang a singkus a

Hai

Min'unis sinlum

Tu

Ni tu susuhaisun tu dalah

Sidi mas mumuan

Hai

Kazin dangias kalapatan mas silasning'av

Tu'i'ia a lapus'uh'uhis labian

Lasais a uvaaz malinasia tanngadah sintaulaving malianuhu

Maltatakzang a paan pandamuhan sia tangnata ilav

Sansinghalsinghal a pakatus'a a bintuhan sia dihanin

Ka

Makazavin a habu a ismumuduan a

Makazavin a   habu

A

Ismuduan a

瞧見的人睡歪在屋簷下
沾到露水的刀已生了鏽

鹿製成的皮繩
變
成了圍牆
且
不在送還的土地
羊和田螺
僅
擁有山崖和海邊

夜裡憂抑鳥哀鳴著
小孩子接續坐在屋簷下
酒瓶仰躺在門前沾滿露水
破曉使者在天上閃爍著
不過
用來取暖的灶是冰冷的
用來取暖的灶　是
冰
冷的

Dihanin tu bahbah —— paitu Mathew Lien

Sinaivan amin a minihumis mas Dihanis dadanian tu inai

Vahlasan hai tunghahabinas mamaz'av tu taisis'an

Danuman hai sin'atukalakin manaitias Dihanin

Sinpashal a hudanan mas Dihanin

Kunian a danuman tu "sin'atukalakin"

Sipungulin a bunun tu aizaas tas'an tu mamaz'av

Tu

Niin mahansiap sibangkiki mais hud danum

Isaun'amininis Dihanin a bahbah masaiv mamaz'av tu tas'an

Sinpatuhavit a bahbahan mas Dihanin mas iskakaupa tu minihumis

Damuhan mas hudan hai sintutuhnas Dihanis minihumis

Pailaan a bunun mas samu tu isihumis mas Buan

Sipungulin a bunun tu aizaas tas'an tu mamaz'av

Tu

Niin mahansiap sikulapa mais hud danum

Silaliva a mamaz'av a tas'aas Dihanin

Tu

天神的淚水──給馬修連恩

所有的生物天神都給了他居所
河川是給害羞的親族隱藏的地方
水是天神給他們的憐憫
雨水是天神給的標記
憐憫是水的名字

人類忘記有個害羞的親族
在
已不曉得跪著喝水
天神的淚水已全給了害羞的親族
天神的淚水是地球上生物的誓約
露水和雨水是天神對生物的再再叮嚀
月神曾留下生命的禁約給人類

人類忘記有個害羞的親族
在
已不曉得匍匐在地喝水
害羞的親族向天神控訴
說

Pinhaizuun pinpaisus bunun a maibahbah isuu

Pinbabasus bunun a maibahbah a isu

Pinkamunus bunun a maibahbah a isu

Pinhaisunus bunun a maibahbah a isu

Malansas 'iv'iv a mahansu mas mahusngu

Makaniin a kaimin andidi

Maldadaukang a kaimin tu mamaz'av

Ishanuazin a itu valituhas a mantanaskaun a mata a

Mais niin a tamalung a tulkuk a tu'i'ia

Mais niin a bunun masiduduhlas kasasamu

Na tibabangbang a sinpaias Buan tu dahis a sinpatuhavit a

Malansas itu Buan tu tanaskaun tu mata tu singhal sansiahu

Nau tu ishanuazin a painahas bunun a mata a itu vali a

Danuman hai sinpatuhavit minihumis tu naishumis

Tupa　a　Dihanin

人類弄酸弄苦了您原來的淚水

人類毒壞了您原來的淚水

人類弄辣了您原來的淚水

人類弄餿了您原來的淚水

惡臭與嗆味隨風飄揚

我們不太懷孕了

我們仍舊是害羞的

太陽哥哥的右眼已痊癒

如果公雞不再鳴叫

如果人類不再制定制約依序做白祭

遮掩在月神臉上的誓約衣物會燃起

隨著月神右眼的亮光發射出來

人類射傷過的太陽右眼早已痊癒

水是所有生物生存的誓約

天神　如是　說

註：「buan」意指月亮；「Buan」意指月神；「dihanin」意指天、天空；
　　「Dihanin」意指天神。
　　「Mamaz'av tu minihumis」爲南鄒 Kanakanavu 族的傳說，意指沒有去
　　射日的人，因害羞而躲入水裡。

Kunglit

Panahuhuhu a kunglit papandu

Maszang a ikul mas

Sainkakiv tu vali mais na muhaiv ludun

Mabauszang a sinkahahuzas

Maszang mas

Sinlapapaspas mas is'a'aminan

Mai'inauz haang a isu a sing'av

Maz a hulbu a isu hai minhanivalval tu inak

A bahbah a isu hai minvanu tu inak

Isu a sinpipitpit hai minpatishuan tu inak

Kasuunis tinhainan hai

Maszang

Vali mais santaishang 'um'um

Mintahnas a ikul a isu makakautvil inak tu isaang

Malansan a inak a isaang

Maszang naung mais sadus ikul tu aluaz

Isu a dahis hai inak tu tataisahunis labiaan

長尾山娘

長尾山娘總停在高處
尾巴像
太陽下山前的餘暉
悅耳動聽的歌聲
像
智者所吟唱的祭詞

妳的聲音原是下了符的愛的咒語
妳的秀髮成了我的彩虹
妳的淚水成了我的蜂蜜
妳眨的眼成了我的螢火蟲
妳笑起來
像
太陽照亮清晨

妳的尾巴化成菅芒草勾我的魂
我的心思意念跟隨著
像貓看到了老鼠尾巴一樣
妳的臉是我夜裡的夢境

Isu a isaang hai inak tu sin'ulading busul tu habu

Isu a mata hai sinumukunan tu paitalnauin tu davus

Sinngitngit a isu hai issi'aail mas madiahu tu bunun

Matuduldulik sia mangdavan kalapatan

Mahailavlav a mata

Mapanga a ma'ma'

Tintaimang a bungu a inak

malansan a inak a vang mas isu tu sing'av

Kusbabai

Kusbabai

Malavis isu tu ikul

Taimazamazav

Taimazamazav

Itan'apavangik ludun tu kalapatan

italuhan 10B. 2000P.

妳的氣息是我裝添在槍裡的火藥
妳的眼是酒麴草釀過發酵的酒
妳微笑是用來安慰口渴的人

我站在山崖頂上
眼睛是空洞的
舌頭是分叉的
我的心智停滯
我的靈魂隨著妳的聲音
飛揚
飛揚
隨著妳的尾巴
遊蕩
遊蕩
我仍在山崖頂上

註：長尾山娘即為「台灣藍鵲」，牠在布農族的名稱叫「lalinutaz」。
　　智者 is'a'aminan 有人翻成巫師，這裡翻成原意「智者」，亦可翻成法師。

Takiisia isaang tu hazam

Sinauzan aming a tatinitini a bunus balangvisvis mas Dihanin

Mai'uni mas hanimulmul

Mai'uni mas laspu

Mai'uni mas bahbah

Mai'uni mas ngitngit

Mai'uni mas akas'angun

Mai'uni mas luum mas ludun

Mai'uni mas bintuhan mas baunan

Mai'uni mas danum mas 'iv'iv

Mai'uni mas isaang

Itu titi a haidang hai min'itu mabanaz

Tu

Sinsakaz'avis mintau'auva'auva

Itu titi a sintukakiv a sing'av hai min'itu maluspingaz

Tu sinkukus'ang

Mais manungsivin a dalahin

Isu a mata a hai inak tu ismumuduanis ilibus

Maszang

居住在心坎兒的鳥

天神給每個人種下了愛苗
原本是寂寞
原本是牽罣
原本是淚水
原本是微笑
原本是期望
原本是山和雲
原本是星亮和月光
原本是水和氣流
原本是心念

動物的血成了男人
用以
討好的羞赧
動物最後的哀鳴成了女人
的　耳語
於大地沉靜時
妳的眼睛是我森林取暖的火
像

Hanvang tu vali tu sannaskal hanvang tu pishahasibang

Isu a ima a hai inak tu islapapaspas iku tu sanglav-hudu

Maszang

Pakatus'a tu si'u'umas madumdum tu sinpaias dalahtin

Bahbah a isu hai minvanu tu vus tu tahazus bunun

Maszang

Sinsuaz sakut tu danum tu madavusis hudan

Isu a dahis hai minpahuhu

Maupas

Na mintalabal tu mapatinbauszang dalahtin

Inak a naskal hai mai'isu

Inak a bahbah hai mai'isu

Inak a ngitngit hai mai'isu

Inak a kailaspuan hai mai'isu

Inak a taisahan hai mai'isu

Inak a kasuun tu sinsuaz Dihanin

Tu

Balangvisvis

夕陽餘輝照射快樂玩耍的鹿
妳的手是我用來治療背疾的龍葵菜
就像
移開遮掩大地黑暗的黎明使者一樣
你的淚水成了使人羨慕的蜂蜜
就像
山羌種的水一樣甜美
你的臉變成了百合花
就像
春天將大地給開啓

我的快樂原是妳的
我的淚水原是妳的
我的微笑原是妳的
我的思念原是妳的
我的夢境原是妳的
妳是天神種給我
的
緣

註：「山羌種的水」，是布農族人稱從地底下冒出水量少的小山泉水，一年四
　　季不會乾涸。取自「征伐太陽」時用石頭打中正在喝水的山羌而得到這
　　種小水潭的名稱。

Malalia tu usaviah

Aisidas haidang tu taklis

Mai'auvas minihumis tu tina

Maipinhatbas minihumis tu tama

Inam a kasuun tu kanum

Maisimadaingazan tu taklis

Inam a kasuun tu isliliskut

Inam a kasuun tu mutmut

Inam a kasuun tu sasaipuk tu is'a'aminan

Kasuun hai inam tu kat'uvaazan

Mutaul a haidang a isu

Mulanbus tininghaulili tu madiav tu vus

Intaustubas madiav tu hatabang

A

Isu a susu

Kaupis 'iv'iv mas hudan mas vali a itu tuskunang

Palubantiahan a kasuus batu tu sintas'i

變調的烏紗崖

血的源頭
曾是撫養生物的母親
曾是讓生物強壯的父親
您是我的胸膛

源自祖先的根
您是我們的柺杖
您是我們的雲霧
您是守護我們的智者
您是我們的子宮

您往下流的血
和漂浮的黃色汁液混合
您的奶被黃色的蟑螂
給
咬斷
僅剩空氣和雨水和太陽是共有的

您被施咒過的石頭壓著

Is'iahdut haidang tu isu

Pintiahavun a kaimin

Pinngiuun a kaimin

Avazun a inam a isaang sia kalapatan

Hai tu

Kunivanang hau a buan tu

Langat i

Niang a kata halavas 'iv'iv mas hudan mas vali

isia taluhan Bukun 21H. 10B. 2000P

以阻斷您的血液
我們給變成了瞎眼的人
我們給變成嘴斜了的人
我們的心被放逐於山崖
不過
仍驕傲的對月亮說
無所謂
我們的空氣雨水和太陽還沒被搶走

註：布農族人稱玉山為烏紗崖。

Niin a taisah mapalaungkaduu

Tu'i'ia a ithu tuhahaal mais labian

Ithal a andidipaun a vai a

Ithalang amin a mahahudas matuasamuang a madadaingazang a

Tas'ius asu a itu Bunun a mailangna

Makan'anak'anak mais palinanutu

Ni tu ithalun mas laula

Ni tu ithalun mas havit

Ni tu ithalun mas utung

Ni tu ithalun mas aluaz-tuza

Malngingit a mai'uman mas ma'ma' a

Maldadaukang a tais'iuun a tu malmai'aupa

Niin a maitulkuk tu haza malkaknu

Niin a tahnas a iskaknu makautvil itu bunun tu isaang

Niin a azu a ismangan mais istaudaniv iskakaupa tu minihumis

Tu'ank'anak a tais'iun mas asu a palinanutu

Kaupas maitas'i a ithaal

夢不接續

貓頭鷹不停地在夜裡告誡

胎裡的嬰兒聽得懂

頭髮白的仍守禁忌的年長的仍聽得懂

布農人的後代被狗給施了咒

說話自言自語

老鷹聽不懂

百步蛇聽不懂

猴子聽不懂

白腹老鼠聽不懂

拿走舌頭的人竊笑著

被施過咒的人仍癱在那裡

雞製的符咒已無作用

菅芒草已無力喚回人的魂體

蜜法器已失去召喚所有生物的能力

被狗施咒的人仍自言自語

只有施咒的人聽得懂

Luluman

Saivik mas na mahtu is'aumpainkus valutia i

Kaa'ik saivas na ispaias vali tu hanimulmul

Saivik mas na mahtu ispahunkus muhaisusutin tu isaangtin

Masikuin bis lalahaibas singhal a sikal a i

Ka tu sisuhaisun a isu a isia inak tu taisah a malngitngit a dahis a

Tupa amin a duma a uvaaz tu

Maz dau a itu tama a ima a hai sinhutun mas lumah tu batu

Itu tina a kanum a hai mastan tu mananghat tu tapaa

Makazav a liskasia sinubatuas batu tu hutun a iku a dau

Tantungu a laula a zakuan

Minsuma havit a pasunkavaizku

Mapisingang a tutut a kaulumah

Si'a'adasku a patishuan tu malavia mais labian

Masauhzangam mas has'az

Masauhzangam mas haam

Masauhzangam mas mali'a'aza

牢

給我可以撥開藤蔓的東西
不要給我阻擋陽光的孤寂
給我可以砍除我紛亂無序的心的武器
亮光進出的隙縫那裡去了呢

不要將你在我夢中的笑容收回
所有的小孩都說
父親的手是家中圍牆的基石
母親的胸膛是最溫暖的被
我靠在石頭砌的牆的背是冷的

老鷹到我這兒聊天
百步蛇來找我玩耍
嘟嘟鳥仍懼怕回家
螢火蟲在夜裡邀我出遊

你們飢餓於妒忌
你們飢餓於貪圖
你們飢餓於講事非

Masauhzangam mas minlavian

Masauhzangam mas pasaunkakaviaz

Masauhzangam mas tava

Masauhzangam mas ......

Ka

Masauhzangik

I

Mushatin a pusuh

Bukun 8H. 11B. 2000P

你們飢餓於當首領
你們飢餓於交友
你們飢餓於出風頭
你們飢餓於……
不過
我飢餓
因為
肚臍斷了

2000.08.11

Kaviaz tu takiadalahtin

Sima bis maitingaan mas manaitia i ?

Taingka'iv'iv a kata

Taingkabilva a kata

Taingkahudan a kata

Taingkabuan mas vali a kata

Maszang a imita a taingkadaan

Sima bis maitingaan mas manaitia i ?

Maszang a bahbah a imita

Maszang a paitiskulazan a imita

Maszang a kaisubnuhan a imita

Maszang a sinumbangan a imita

Maszang a kata tu pishahaidang

Sima bis maitingaan mas manaitia i ?

Tas'anta mas lukis mas ismut

Tas'anta mas tastas mas haizuzu

Tas'anta mas takiangadah danum

Tas'anta mas kusbabai dihanin

地球上的血緣友氏族

是誰給牠們取的名呢？
我們母親的氏族是氣流
我們母親的氏族是雷電
我們母親的氏族是雨水
我們母親的氏族是月亮和太陽
我們母親的氏族是同一個母系

是誰給牠們取的名呢？
我們的淚水是一樣的
我們的惡夢是一樣的
我們的憤怒是一樣的
我們的氣息是一樣的
我們一樣都會流血

是誰給我們取的名呢？
我們和草樹是親戚
我們和瀑布漩渦是親戚
我們和住在水中的是親戚
我們和天上飛翔的是親戚

Maitasa a tama mas tina imita

Paitiangaananta amin mas Dihanin

Dangianta amis kautuszang tu tainkahanitu

Liliung a inaitia a ima

Haiza hai inatia tu mata

Ahumushut hai inatia tu ngulus

Punal hai inatia tu halinga

Kunian a inaitia a ngaan tu haizuzu

Ni a Dihanin kahailis Ka'unis bunun

Bukun 8H. 11B. 2000P

我們的父親和母親是同一個

天神都給我們取過名字
我們也有個源自於惡魔母親氏族的親族
針刺兒是他們的手
法器是他們的眼
頸套索是他們的嘴
土石流是他們的言語
漩渦是他們的名字
天神不只單單造人類

2000.08.11

註：「kaviaz」在布農語裡並非指單純的朋友，它是專用術語，意指有血緣的
　　家族因故分開，又怕後代亂倫造成近親結婚的禁忌。所以給了kaviaz的
　　稱呼，使其不致脫離血緣宗族的禁忌團體，在此翻成血緣友氏族。

Pinsahtuun

Makuniv a bunun

Tu

Pin'unius bunun a dihanin

Tu

Hanian mas labian

Tanghaius bunun a

Itu tamahudas

A

Bilva mas dimal

Masus itu vali tu singhal

Is'avus buan mais mun'apav labian

Damuus bunun a buan mas vali

Ma'iksub sia kai'unian tu luluman

Patinganas bunun tu tahusvali

Niin a bunun masasabah

Matiskukulazain a bunun

Minkaivakaivin a isaang a itu bunun

Maszang bauvanis kalipunus itu hamisan tu luvluv

懲罰

人類驕傲

的

將天變成

了

白天與夜晚

人類偷去了

雷神

的

雷聲和電閃

增長太陽的亮光

以趕走月亮夜裡的光照

人類擒來月亮和太陽

關在他們所做牢房裡

人類給它取名為時鐘

人類不再睡覺

開始做惡夢

開始煩躁不安

就像冬風裡的菅芒花絮滿天飛楊

Sisuhaisus buan a islala'las tulkuk a buthul a

Pin'unius bunun a tahusvali mas bustunan tausdidii

Maszang hanvang tu tunbinan a ngutus

Minmaputulin a painsanan tu sisipulunin

Liskakauduzas tahusvali a bunun

Maupas lukis tu siahi tu lispalvungas valu

Inbasus buan mas vali a bunun ma'a'avunis pa'u'utung

Maupas dulpingis papandu sia ungangab tu maduh tu

Kipahpahan ma'a'avun mapusbabai

Malaitazin a bunun

Minpakalivain a bunun

Hai tu

Niang a bunun na mapudaan mas buan mas vali

月神將公雞的聲帶收回
人類將時鐘做成手鐲戴在身上
像拴了鼻的牛一樣
歲月因數算而變短
被時鐘給壓駝了的人
像樹枝被藤蔓給壓彎了一樣
月神和日神驅趕停頓的人以報復
像停在小米田裡的黑雀鳥
被趕鳥器驅趕

人類變遲頓了
人類亂了譜了
但是
人類仍然不願放走月亮和太陽

Isaang —— paitu 228

Sanvaliun amis vali a iskakaupa a minihumis

Maz a malhabin a ivutaz hai sanbiskavbiskavis sansiahuun

Tunghabin a bununis labian sia sikvin tu isaang

Mapisng mais matiskulaz

Malunhalab a bunun mas naishabis isaang

Ithu hai ni tu mahahabis kuang

Masailang a bunus aisabahanis labian

Maupas Dihaninis samantuk bunun tu taisahanis hanian

Vali hai tatahus tus'a

Buan hai tatahus hamisan

Maz a isaang hai sinpanghaal Dihanin

Kaupas bunun a sinauzan

Bukun 28H. 2B. 2001P

心念——給 228

太陽照射所有的生物
躲在暗處的蟲一經照射就四處亂竄
深夜裡人隱在心靈的角落
深怕惡夢來襲

人用衣飾妝扮以隱藏心念
貓頭鷹不會隱藏罪惡
人傾聽夜裡的夢境
就像天神專注人白天的夢意一樣

日神告知氣節
月神告知歲月
心念是天神做的標記
只有人類才被種植

Malsapah haidang tu mulung

Mutahas haidang

Masa

Mapalkapataz a kakalang mas ivut

Min'unias ka'uk'uk'uk'uk

Kavahlasvahlas

Kaludunludun

Kabukzavbukzav

Kabununbunun

Kinuhaidangassu amin ka'uni

Andidipaus bunun a maihaidang a isu

Kamaikingnas singhaili mas busulkavi

Sususu a naia mas itu bunun tu haidang

Maldadauk tu matukulaz tu dahpaun

Ni tu a'abuhan tu uvaaz mais sikakaunan

Ludun hai tisbauszang ka'unian

Libus hai tisminihumis ka'unian

Vahlas hai tisning'av kaunian

口含著血的島

妳吐了血
當
螃蟹和大蛇爭戰時
妳變成了許多小山澗
許多河流
許多山脈
許多平原
許多的人
都是用妳的血造成的

人類懷有源自於妳的血
生下了刀和弓的後裔
他們吸吮人類的血
仍是乾瘦多病
餵不飽的孩子

山脈是因寬廣而造
森林是因生物而造
河流是因海洋而造

Bukzav hai tisluvluv kaunian

Bunun hai tis tus'atin ka'unian

Haidang hai tisminihumis ka'unian

Bunun hai malansas isaang mudaan dalahtin

Maszang sapuzis mushu tu malansas hus'ul is'uka

Haidangtin a mapishaiapang minihumis tu maitasang a tainkadaan

Mais niin a singhali mas busulkavi pasusus haidang

Hai

Na mapatalivau a bunun a minihumisan pasihahaimu

Bukun 28H. 2B. 2001P.

平原是因風而造
人類是因宇宙而造
血是因生物而造

人隨著氣息離開人世
像火熄了隨著炊煙逝不見
血讓生物知道源自同一個母系
若不給刀和弓吸吮的血
那麼
人類將會把肩歡唱祈禱小米曲了

Dihanin tu sing'av

Maikusnaluum

Maikusnaludun

Maikusnabukzav

Maikusnavahlas

Maikusnaning'av

Maikusnamasuzas

Maikusnadalah

Maikusna'isaang

Pis'u'uluk a saia mais makasia halungsiva

Masasus itu ivutaz tu painsanan

Hazahaza a lukisis tu pakadipan

Mapatusunusunus inai tu islulus'an

Tunghabin a saia sia bauvan

Malsisivit mas bunun tu adu aiza a minuliva

天神的聲音

從雲層來的
從山脈來的
從平原來的
從河川來的
從海洋來的
從沙漠來的
從地面來的
從心靈來的

祂吹著口哨經過枝梗
給蟲兒增添歲月
森林喧嘩在它路經時
互相走告他們的祭典
它躲在菅芒花間
窺探人類是否犯了錯

Maikusna isaang

Palun'uvaivas sia a minihumisis tas tu painsanan

Lus'an a Dihaninis pininghalabin aming a iskakaupa a minihumis

Ikma'ius minihumis a sinlus'as Dihanin minmaikingna

Maz a minupaspas a silav a hai isaitia tu pasungkavaizanis pishasibang

Bintuhan hai isaitia tu mata mais labian

Bauvan hai isaitia tu ima

Bilva a hai isaitia tu sing'av

Maikusna'isaang

Bukun 28H. 2B. 2001P

從心靈來的

每一年祂給生物換上新裝
所有的生物妝扮好了後舉行祭典
天神的福份成了生物的後裔
落葉是祂遊戲的玩伴
星星是祂夜裡的眼
菅芒花是祂的手
雷響是祂的聲音
從心靈來的

Linubun tu bunbun

Matumashing amin a iskakaupa a minihumis

tu

Maldidiav a bunbun a saduan

Minsuma a tanasvili a hanitu

Tupa tu

Itu tuskun a bunbunin

Itu tuskun a bunbunin

Na ikma'iuun a sian tu kakaunun

Tuszang tu'amu amin a minihumis

Tupa tu

Ung kai

Ung kai

Minmavaivivaivi a itu tanasvili a hanitu a dahis

Makalutkut tu

Talmainduu tu

Matungau'ngau' tu

Talbinauaz tu

Unpaklangan tu

煨熟的香蕉

所有的生物都讚美

那

黃澄澄的香蕉

左靈出現了

說

這是大家的香蕉啊

這是大家的香蕉啊

這是個吃了有福分的食物

所有的生物都同聲

說

是啊

是啊

左靈的臉不斷地變換著

滿是皺紋的

俊美的

凹陷的

美艷的

眼疾的

Mataishang a mata tu

Vanu hai nau tu tahazun

Bunbun hai nau tu pali'i'iaan

Tudi sathasan a dahis mais tindidimal a bilva

Mastatalaang a minihumis mas linubun tu bunbun

Maldadaukang a tanasvili a hanitu a tu minmavaivivaivi a dahis

Malun'u'uvaiv a saia mas na ispinbubuhbuh minihumis

Mintataku minbalukan tu itu pakpak a linubun a bunbun a

Mastatalaang a minihumis tu na kuskus bunbuntia

Bukun 8H. 3B. 2001P

眼睛澄澈
蜂蜜原是被羨慕的
香蕉原是被爭奪的
只有在雷電交加時臉才看得清楚
生物仍在期待煨熟的香蕉
左靈仍在變換著臉
他換裝以迷惑生物
煨熟的香蕉成了大耳鬼的碗和湯匙
生物仍等待共享香蕉

註：左靈代表布農族人的惡靈。
　　右靈代表布農族人的善靈。

Sinpalkaun

Maldidiav a bunbun a sia hatup

Maszang buan tu kikilim mata tu itu bununis labian

Maz a itu aluaz a mata hai

Itu bunun tu isaang

Panduan a havit a mas balikuan mais sitanpu

Maszang mininhalab tu bunun tu pana'aiskuas bunun

Itu havit a nipun a hai

Itu bunun tu isaang

Kantulun a uvaaz mas patishuan kausia madumduman

Kaupas mal'a'ahu tu bunun sahaal mas sinpalkaus hanitu

Maldidiul a mata a itu hanitu

Maszang na ispaklang titi tu sapuzis labian

Maz a sinpalkaun sia hatub a hai

Itu bunun tu isaang

Mapaltuun a buan mas bintuhan mais palkaunan

餌

捕鼠器裡的香蕉黃澄澄的
像夜裡天空尋人眼睛的月
老鼠的眼睛是
人的心念
圈蜷的百步蛇蝴蝶會停滯
像盛裝的人引人挨近

百步蛇的牙是
人的心念

小孩跟隨著螢火蟲進入黑暗處
只有做陷阱的人了解鬼做的餌
鬼的眼露出了紅焰
好像夜裡用來燻肉的火

補鼠器裡得餌是
人的心

放餌時月亮和星星就會互相捱近

註：布農族人相信月亮和星星相互捱的很近時，靈運就會發生。

Sihalimudung

Habinunku a tangia a inak sia libus

Hai tu

Iduas taimazamazav tu luvluv

Habinunku a mata a inak sia madumduman tu labian

Hai tu

Iduas pipitpit mata tu patishuan

Habinunku a ngulus a inak sia tastasdaingaz

Hai tu

Iduas hazam tu tangkakaun

Habinunku a bungu a inak sia ispus tu ludundaingaz

Hai tu

Iduas luum tu takiididii

Habinunku a isang a inak sia tanngadah 'ung'ungdaingaz

Hai tu

Samangmangas buan tu kanlalabian

Luvluvan hai huzas tu itu isaang

Patishuanan hai pininastutis Dihanin tu mata

Hazaman hai itu dalahtin tu issi'a'ail tu ngulus

裏

我將我的耳朵藏在森林裡

卻

被遊蕩的風給找著

我將我的眼睛藏在黑暗的夜裡

卻

被眨眼睛的螢火蟲給尋獲

我將我的嘴藏在大瀑布裡

卻

被覓食的鳥給撞見

我將我的頭藏在寒冷的高山裡

卻

被居住在那兒的雲霧給發現

我將我的心藏在大崖谷下

卻

被夜行者的月亮給看透

風是心靈的歌聲

螢火蟲是天神在人世間的眼

鳥是土地用來撫慰的嘴

Luuman hai panaslunas daidaz mas Dihanin

Buanan hai mapindadadus saihalmangan tu isaang

A

Maz a itu bunun a bahbah hai ishahaliv

italuhan Bukun 5H. 5B. 2001P

雲霧是天神愛的儲藏室
月神醫治被放棄的心靈
而
人的眼淚是會乾涸的

Baintusas nipun tu havit

Niang a mata aitisbaias titi

Niang a vakal painpungavas titi tu dapan

Maldadaukang a busul tu malai mais ispanah

Babaintusan a havit

Palkaunan a hahanup a mas titi

Tinkaumanin a tiantasa a mais ispanah

Maz a na ispatilumah a hai min'itu pakpak tu tataku

Babaintusanin a havit a

Masibasin a hahanupan

Tis'anak'anakanin a kai'unis dangal a sia dangal

Daan titi hai usaisas hanitu mal'a'ahu

Babaintusan a havit

Ukis na ispalahtangia

Ukis na iskusia mapatvis

Aiza ta'azaun tatangis sia paatusan

Maikusnatanngadah dalah

被拔了牙的百步蛇

從未被野獸逃脫過的眼睛
從未跟丟過野獸腳印的腿
槍仍如往昔神準無比
百步蛇正被拔著牙

獵人被誘以野獸
槍擊發的聲響變小了
用來報喜的成了大耳鬼的湯匙
百步蛇的牙正被拔著

顛倒了的獵場
製作捕獸閘的人被自己捕到了
鬼替代人在野獸的路徑設陷阱
百步蛇正被拔著牙

沒有可舉行射耳祭的了
沒有可祭獸骨的了
有聽到哭聲在火祭場
從地底下的深處

Mais tu'i'ia a tutut hai

Babaintusan a havit a

Babaintusan a havit a

Bukun 11H. 3B. 2002P. labian mishang

hai malaspus damus Lipung tu hahanup

當嘟嘟鳥鳴叫時
百步蛇正被拔著牙
百步蛇正被拔著牙

午夜
懷念被警察捉去的獵人

Lapus'ang

Tu'i'ia a lapusang mais labian

Mindamuh a bahbah a isia mais labian

Maz'avis inghaiapun mas dalah tu tinangis

Is'uka mais san'apav a vali

Makulabian a lapus'ang mais tu'i'ia

Vazisun mas pakpak a na pinhalabun a mahaiav

Kaupas pakaatus'a tu bintuhan si'ailis labian

Muiav a hanivalval mun'apav saduan

Kut'ahus utung a pasip a atipul a

Tun'u'uk' uk a lapus'ang a mais labian tu'i'ia

Minlaliva a tamalung

Mapinmak'av susuaz

Adu

Paitiskulazas Dihanin

Adu

Ka

Tinuhas'azas Dihanin

憂鬱鳥

憂鬱鳥在夜裡叫喚著
她的眼淚變成了露水
羞於讓大地發現
散發於朝陽的照射
憂鬱鳥是在夜晚叫喚的

準備綴飾用的布被鬼撕碎
夜裡只有黎明使者來安慰
彩虹稍縱即逝
玉米的嫩蕊被猴子給生吃
夜裡憂鬱鳥循著山澗叫喚著

錯亂了的公雞
喚醒了雛雞
是
天神的惡夢
還
是
天神的咒詛

Pasitinitini tu lapus'ang

Kanlalabian tu lapus'ang

Tun'u''uk'uk tu lapus'ang

Sas'anas ithu mais sadu

Pandamuhan a lapus'ang

Mais

Isia madumduman tu labian

taluhan Bukun 13H. 2B. 2002P. labian mishang

獨行的憂鬱鳥

夜行的憂鬱鳥

循著山澗行走的憂鬱鳥

貓頭鷹的眼看透一切

露水霑溼了憂鬱鳥

在

黝黑的深夜裡

註：憂鬱鳥是布農傳說中，女子因小腿太細欺騙婆家和先生被休，傷心過度
　　獨自走入深林，變成鳥的故事。在此表示受過傷的少女。

Usaviah

Nauin tu aizin a kasuun

Masa

Niang a kakalang mas ivutdaingaz mapalkapataz

Nauin tu tusasanusin a kasuun

Masa niangas mutah haidang

Aikusnadaan mas buan

Asang tu vali a kasuun

Mapalsanusas na alinuhuas buan

Tis'unis na mapin'aizas mazami

Asbaiunim ning'av

Usununim mas hanitu tu minihumis kan'asang

Paunim mas titi tu hanupun masasinap mamanah

Palaning'avan mapinpudanuman manaitia a pismaduhan

Maupas isia ludun tu libus tu tausaingas nitu paitingaanan tu lukis

Tisvadvadunim anvanunim anbungunim masu

Sikaputunim masu mahabin

Kasanusas ikin tu na painam

Kaimin hai siniliba masu

烏紗崖

原本您就存在了
當
螃蟹和大蛇還未戰爭時
原本您就已經在預言了
當您還沒有噴出鮮血時
您是月亮的源頭
您是人陽的故鄉

您事先備妥了月亮座位
為了要繁殖我們
我們被洪水驅趕
又被像鬼的民族侵犯
當成野獸般追逐獵殺
她們用水將小米田淹了轉作水田
像山中的深林不被命名的樹給佔領一樣
您將我們背起肩扛著頭頂著
您擁抱我們將我們藏起來
備好米倉給我們
我們是您生養的

Malinamishangas sia mulungtin mal'angkuzu

Maszang hahanup tu bunun tu manailang sing'av

Ning'avan hai isu tu tundadaan tu 'iv'iv

Luuman hai isu tu istatas'i

Ispu'a'asu tu isu a Muz a mas Langui

Malhuhunmulas

Malsisivitas

Isu a bikni hai makitutundal tu namatidangkul

Malahtangia a kasuun mais lus'as andaza a kaimin

Ma'isput a kasuun mas davus mais malahtangia

Na ispahud mas iskakaupa tu minihumis tu vus

Sinpasutnul tu inam a mata isu

Sintusaus tu inam a sinpalistapang su

Sinpatinasuan amina a kaimin

Tu

Usaviah

您蹲坐在島的中央
像傾聽動靜的獵人
海是您乘坐的氣流
雲霧是您的法器
穆爾和拉格夷是您的獵狗
您伏獵著
您注視著
您的小腿蹬著準備躍起
我們入倉祭時您正行射耳祭

射耳祭時您釀好酒
要給所有生物喝的汁液
您的眼是我們的卜卦
您的頌功是我們的戰歌
我們的名字都取自於
您
烏紗崖

註：布農族人稱玉山爲烏紗崖。
　　穆爾和拉格夷是布農族的人名颱風的化身。

Tinahudas

Malinabatu a tinahudas a sia ingkaunan

Pupunu huhus'ul a kakaunan

malansas 'iv' iv kikilim mas na dikutan

Malina'apavludun amin a vali a sia na uhaivan tu ludun

Mastatalaang a tinahudasas lishusbuas inama tu uvaaz

Minpanuin kaulumah

Asin katsisia taluhan didikut

Kitvavaiviin a maikingna mas tina tu inai

Sadusin amin a uvaaz

Minkaivalkaival tunbasabas

Kikilimun a tinahudas mas bunun

Pailaan daus na ispunahtung mailantangus tu 'ami'amin

Listaimangan a uvaaz mas inama

Sahalmang a maikingna mas itu tinahudas tu kakaunan

Na isdalavdavin a dihanin

Na mis'aminin a tamaku a isia kakaunan a

Sakakiv a tinahudas a hai

祖母

祖母坐在山頂的石頭上
煙斗冒著的煙
隨著微風尋找夜宿的地方
太陽也已坐在即將越過的山頭頂上
祖母仍等著背負行囊的兒子

懶得回家了
想要長居在工寮
孫子們另找了別的母親
兒子也娶了兩位
慌亂著兩邊走動

有人尋找祖母
據傳留有與祖先碰面的法器
兒子被重物給壓鈍了
孫子們不在意祖母的煙斗
夜幕即將拉下
煙斗裡的煙絲即將燒盡
祖母最後一次回顧

Ukang a kinkikinuz a mamama a

Minsalangka a tinahudas a hai

Minsalpu tu

Adu

Na matingna

Adu

Na mastatalang

Lalakuin bis vali a ukin saduan

Bukun ── palimalis bunun tu halinga

9H. 4B. 2002P. labian mishanh sia taluhan

背行囊的人仍未出現
祖母站了起來
顧慮著
是
要前進
或
繼續等待
太陽卻不知不覺失了蹤影

卜袞—關於語言

2002 年 4 月 9 日於工寮半夜

Taisahan

Maszang a vianavu a mas bilva tu tindimaldimal ludun

Sihabin a mutmut sia zuszus tu lukis

Mapising mais pasdamusan

Tinpaluhpaluh a padan mas ismut

Maszang laihaibas Langui mais minsuma

Malan'u'uvaiv a lukis sia ludun

Malan'u'uvain amin a dahis a kausisia ludun a

Ni tu istunanahtung a huzasis labian

Kaupas davus a ithal itu mainduduaz tu huzas

Ukis bunun tu ithal itu ludun tu sing'av

Tautaluh a danum makintulus vahlas kungadah ning'av

Ansuhaisus 'iv'iv a inisia ning'av a taun mapunsia ludun

Habinus ismut

Habinus libus

Habinus ludun

Habinus dalah

Habinus takiisia ludun tu bunun

夢境

鐮刀像雷電一樣在山上閃閃爍爍的
雲霧躲藏在樹梢
深怕被誤傷
菅芒草和雜草不斷地倒下
像拉格夷來過後的瘡痍
山上的樹林不斷地更換著
上山的人的臉不斷地替換著

唱不斷的歌聲在夜裡
只有酒聽得懂年輕人的歌
不再有人聽得懂山的聲音
水跟著河流往下尋找海洋
海裡水氣被氣流帶回放在山上
草叢將它藏起來
森林將它藏起來
山脈將它藏起來
大地將它藏起來
住在山裡的人將它藏起來

Min'ispahahainan a biknis lapus'angis na istus'ain

Subus Bunun a bikni mahabin sia asang singsing

Ukas pan'utungas buan mas vali mais maka'asang singsing

Uvaaz hai kaupas katkat a astatalan

Niin a davus islulus'an

Mintatulun a maitaun tu davusis tangkakutunin

Tansasauluk a iahlulua mai'aupaludun saduan

Iduan a maivianavuas kaululudun tu bunun

Niin sahalan tu adu maimanushit

Maldadaukang a ludun tu kapanuun sadu

Maldadaukang a dihanin tu masubintuhan

Musbai a patishuan sia katdadaas bunun tu asang

Is'ukin a pinislatuhan a sing'av a

Maldadanghas a sangkul a sia apav ludun

italuhan labian Bukun 24H. 4B. 2002P. 23 : 45

小腿成了憂鬱鳥天亮前取笑的對象

布農人將小腿裹起藏在城市裡

城市沒有可讓月亮和太陽經過歇腳的地方

小孩子只會等待鍋巴

酒已不被用來祭祀

蒸發的酒氣隔日後悔著

螞蟻成群結隊往山上去

舊有的鐮刀被上山的人拾獲

看不出是否曾經鋒利過

山仍舊讓人怯步

星斗依舊布滿天幕

螢火蟲飛離人居住的地方

弓琴的聲音已休止

通紅的惡運靈火掛在山頭上

註：Bunun 泛指布農人。

　　Sangkul 這裡翻成惡運靈火，布農族人家裡若有惡運、傷亡來臨，居家附
　　近會有類似火球的異象出現，布農族人稱這火球異象稱爲 Sangkul「傷
　　酷」。

Maindu

Makamingming a damuh mais labian minsuma

Makataungkul isnangadah taisah tu uvaaz

Tintaishang a mata a itu uvaaz

Pakakatpungan a hanian mas labian

Tintaingkal a tangia itu uvaaz

Maszang katukatu tu na asa madamus lainasbat tu 'iv'iv

Mapusauntaz a uvaaz mas ima

Maszang vahlas tu tinsauntaz kaungadah sia ning'av

Ukaan a vakal mas pain'utungan

Maupas buan mas vali tu ni tu pan'u'utung

Tibabangbang a isaang a itu uvaaz

Sidi tu takiikalapatan

Kukuav tu takiidihanin

Ivut tu takiihalimudung

Halum tu takiingadah dalah

Iskan tu takiingadah danum

Inaitia a pasisinapan hai luvluv

年輕

夜裡露水悄悄地來了
從囟門進入孩童的夢裡

孩童的眼睛亮了起來
遊遍白天和黑夜
孩童的耳朵聰明了起來
好像蜘蛛想要網住掠過的風
孩童的手伸了出去
像河流伸進海洋一樣
不會停頓的腿
像不曾停頓的月亮和太陽

孩童的心燃燒了起來
是住在懸崖的山羊
是住在天空的老鷹
是住在草叢裡的蛇
是住在地底下的穿山甲
是住在水中的魚
他們追逐的對象是風

Inaitia a pakikitunan hai hanitu

Inaitia a pasasavaian hai balivus

Inaitia a pasaungkavaizan hai baintuhan

Kunian a naia tu haningu

Bukun 10H. 5B. 2002P. ~ 21H. 5B. 2002P

他們摔角的對象是鬼魂
他們比賽的對象是颱風
他們的玩伴是星辰
他們被稱爲影子

Takiu'uludun tu lipuah

Minsuma a kasuun

Malansas 'iv'iv tausaintin

Ampasduunku a kasuun

Mapal'anuhu sia asang tu inak

Kunian a asang a tu isaang

Isizakuas takiisia 'uk'uk tu danum mapataldanav

Hai

Min'uni a saikin mas haizuzu tu na madamu masu

Malupukik mas luum matap'ang mapinauaz masu

Hai

Min'uni a saikin mas mutmut tu na mapinbuhbuh masu

Istaudanivku a kasuun mas hazam mapakahuzas mapinaskal masu

Hai ka

Min'uni a saikin mas kukuav tu na madamu masu

Tupa a kasuun tu na mudaanang a kasuun

I

Na palun'uvaivan daus Dihanin a iskakaupa a minihumisan

居住在山裡的花

你來了
隨著微風住到這兒
我迎接妳
請妳坐在我的村落
村落的名字叫做心

我去取居住在山澗的水給妳洗滌
時
我變成漩渦想將妳抓走
我用手擷取雲嵐要給妳妝扮
時
我變成濃霧想迷惑妳
我邀請鳥雀唱歌討妳歡欣
然而
我又變成老鷹想要帶走妳
妳說你要離開
因為
天神要給所有的生物換上新裝

Makubaunan tu labian a kasuun makamingming maudaan

Palaus masu a ulus a isu

Kuniankus bahbah tu inak mahaltum sia asang tu inak

Makuang a itu lapus'ang mas lapus'uh'uh a isaang

Malsiuh a patishuan kanlalabian kikilim masu

Matunaingkal a ithu mais hanian tu uska'i'isin bis kasuun

Inka'avaz a halum makangangadah dalah kikilim masu

Aiza minsuma maikusnamakazavan

Tahu tu

Mais minhalabin amin a iskaupa a minihumis a

Hai

Na satuunin dau masuhis a kalaspuun kikilimun mamu a

Bukun 8H. 6B. 2002P. ismangmang a hudan

妳利用灑滿月光的夜晚悄悄離去
妳將妳的衣裳留下
我用我的淚水將它埋葬在我的村落裡

憂鬱鳥和憂抑鳥很是傷心
夜裡螢火蟲提燈尋妳的芳縱
白天貓頭鷹傾聽妳的訊息
穿山甲鑽進地裡找妳

有從寒冷地方來的
報訊說
當所有的生物都打扮好了
時
就會將你們思念的找尋的送回

註：憂抑鳥是布農族男子傳說中因喪妻傷心過度變的鳥。

Paitu mudanin tu nastama
—— na muhnaangik min'uvaaz tu isu

Uninang tu tama a kasuun tu inak

Maszangas hanivalval tu

Ni tu mahtu paknuan

Maszangas ludun tu

Ihuhuis saduan

Maszangas libusis lu'uman tu

Ni tu saknuanis saduan

Hai tu

Mais

Makazavik hai

Papainukaniksus mananghat tu vali

Mais

Mahanimulmulik hai

Sisupsupunsu a inak a bahbah

Maszang sisupsup mas tinishavisan tu dulus

Mais

給走了的父親
——我要再次成為您的兒子

感謝您是我的父親

您像彩虹一樣

不能用手指去比

您看起來

像山一樣的高

您像濃霧中的森林

無法看清

但　是

如果

我寒冷

您會用溫暖的陽光給我穿上

如果

我寂寞難過

您會將我的眼淚吸吮

像吸吮犯了禁忌的罪

如果

Masauhzangik hai

Istunuik masus utan

Mapahul mas tinishatub tu aluaz tu ikul

Mais

Aiza inak a kaku'angun a isaang hai

Avununsu a 'iv'ivis labian mapasi'ail mazaku

Habinussu a isu a kaihanimulmulan

Haltumussu a isu a sinkasubnuh mazaku

Palansanussu a bahbah mas buanis tangkakutunin

Masaivas mazaku

Mas

Vali

Mas

Luum

Mas

Damuh

Mas

Baunan tu labian

Tama......

我餓了

您會烤地瓜

佐以捕鼠器捕到的老鼠尾巴

如果

我有了傷心的事

您會在夜裡指派微風安慰我

您將您的憂傷藏起來

您將對我的憤怒埋起來

您將您的淚水伴著清晨的月亮隨去

您給了

我

太陽

和

雲霧

和

露水

和

夜晚的月光

父親……

Mais mahtu hai

Na muhnangik min'unis isu tu uvaaz

8H. tu tus'an tulkuk 11B. 2002P

Isianik mas Balan Lipun (Nozima) sia bau piskazavan mas

nastama tu tan'apav tutubuk matnahtung mapatas

如果可以的話

我要再次成爲您的兒子

2002 年 11 月 8 日

與名爲巴蘭（野島本泰）的日本人於父親

冰櫃蓋上完成此詩

前排由左起為父親、祖父（繼）、母親
後排由左起為么弟、作者、三弟、三弟妹

Painunahtungan

Maszang a tus'as tinunsiuh tu sihuis

Mapatinghuza mas bunun

Pasibasus tus'a a Bununin

Mapalinasia maltanangaus tu alinuhuan malinuhu

Ukin a ashailiun a singhali

Niin a punuh patpunuhas haidang

Maz a dalah a atuduldulanin

Hai

Daidingias matukalutkut tu isaang

Tunbasabas a bunun sia tus'atin

Hai tu

Ni tu sinisbais paitiskulazan

Kitutuhna a bunun mas buan

I

Kaupas isaitia tu singhal a si'a'ail bunun

Maukbasabas a tus'a

Hai tu

際遇

時空像俯衝的鷹

讓人錯愕

時空將布農人倒置

坐在舞台最前排的位置

繫在腰上的刀不見了

額頭也不再點上血印

站著的土地上

曾

有著皺褶的心

人類穿梭在時代裡

不過

從未脫離惡夢

人類不斷地尋找月亮

因為

只有他的亮光可以安撫人心

時空不斷轉換

但是

Tasa a Dihanin

Maitasa a itu iskakaupa a bunun a isaang

Masa   ubuhang

Sivaius tanasvili tu hanitu a bunun

Masa   kuntapisanin

Sansaisasais a buan mas vali sansisinghal

Minmahansiap a bunun masailang taisah

Maz a itu mailantangus a haidang

Hai

Mindaan tu susulutun mapakikilim

Aupa

Kaitasaas Dihanin ka'uni a haidang

A

Paitu bunun a

Bukun 27H. 12B. 2002P

天神只有一個

人的心原本就只有一個

當　還是嬰兒時

人被左靈給拉贏了

在　穿了一片裙後

日夜不斷輪番照射

人類學會了卜夢

祖先的血

成了

相互尋找的蹤跡的路

因為

天神造了一樣的血

給

人類

註：左靈代表布農族人的惡靈。

　　右靈代表布農族人的善靈。

Panu

Muhalhal a isaang malansaas lipuah tu minupaspas

Sihaizuzu sia haizuzu

Makazavkazav a vali

Mapanuin mapusauzat vakal

Niin matiknu a minilu'lu' a titi a kauludun

Paitu ishalivanis bahbah tu bunun a

Hai

Itu tamahudas tu huhus'ul tu kakaunan

Bukun 4H. 3B. 2003P

倦

心緒隨著花朵的掉落

被漩渦給漩入

太陽冷冷的

懶得將腿伸直

受過傷的野獸已沒有能力上山

給眼淚乾涸了的人

是

祖父冒著煙的煙斗

Painghaisan

爸爸，阿公在唱什麼呀？

Tama, ...

（tamahudas）Kahahuzasik mas

Itu hudas tu hudas tu hudas tu hudas

Tu

Huzas tu huzas tu huzas tu huzas

爸爸，為什麼阿公要唱這種歌呢？

Tama, ...

（Tamahudas）tupa inak a tama tina tu

Imita dau a sian tu daan

爸爸，我看不到路在那兒呀！

Tama, ...

（Tamahudas）Taihuanik mas isu tu tamahudasmumu masa

Sikassuangik tu

Na tudiipin dau usaduas daan mais masabahin

爸爸，我睡覺時，並沒有看到什麼路呀！

Tama, ...

（Tamahudas）Atunau i, ukas ithal masu mais palinanutu

代溝

Tama, maz bis kahuzasus tamahudas a i？

父親，……

（阿公）我唱的是

祖父母的祖父母的祖父母的祖父母

的

歌謠的歌謠的歌謠的歌謠

Tama, maivia a tamahudas a tu kahahuzas

maupatan tu huzas tu？

父親，……

（阿公）我的父母親告訴我說

這是我們的路

Tama, niik usaduan mas daan tu usa tu？

父親，……

（阿公）在你這個年齡的時候，你的曾祖父

曾經告訴過我說

我們睡著了以後路才看得到

Tama, masa masabahik hai ukas daan tu saduanku tu？

父親，……

（阿公）因為，沒人聽得懂你說的話

爸爸，我若學會了唱這首歌，

我能做什麼呢？

Tama, ...

（Tamahudas）Tupa tamahudas tinahudas inak tu

Issasaipuk

Mapinhuhumis

Mapintal'i'ia

Mapin'a'aia

Mapinmamantuk

Ki'a'adas isaang tu isu

tu   huzasin

....

爸爸，爸爸，

阿公爲什麼不講話了呢？

...... Tupa kakalang tu

Na su tu ivut

A

Kittangus kalat !

Tupa ivut tu ......

爸爸，你們唱的爲什麼我都聽不懂呢？

Bukun 2003P.

Tama, mais uhansaipanik mas huzastin hai na ispikuaku bis

sian i?

父親，……

（阿公）我的祖父和祖母曾說，這是

養育的

使生生不息的

使茁壯的

使繁殖的

使正直的

帶領你的心的

的　　一首歌

……

Tama, tama

mavia tamahudas a tu niin palianutu tu?

……螃蟹說

你這隻蛇

呀

先咬我吧！

蛇說……

Tama, maivia tu niik ithaal tu tukukua bis imu a

sinkahahuzasan i?

Hanup pasilaiti mas Buan

Malansan a uknav mas vakal tu buan

Makamingming mais labian mun'apav

Lutbu hai itu madumdum tu labian tu haningu

Mata hai itu bintuhan tu vaang

Pansising'av a sinpanah busul

Taitinpah mas ning'av

Mapasisinap mapahahainan a puhpuh sia silaz

Kaliluvluvun a libus

Pislalaiti a lukis mapa'a'alak mapasitatani

Musuhis aming a mailantatangus tu na mulalaung

Sihabin a takilimun mas takiismut

Tibabangbang a bunun tu sumukunas mukun

Paias hus'ul a itu buan a mata

San'apav a buan sia madumduman tu bahbah

Mahaltum mas paikasupnuhan sia pahuhu

Sisuhaisus Buan a painsing'av a sinpanah

Makusuhna a hanivalal sia tingmut tu vali

狩獵群舞與月神

雲豹隨著月神的腳
悄悄地出現在夜裡
身體是黑夜的影子
眼睛是星星的魂魄

槍聲迴盪
掀起海浪
浪花在海邊嬉戲追逐
森林被風吹擺
樹林肩並著肩手牽著手搖擺舞步
祖先們都回來要入宴
草原的森林的野獸都躲藏起來
人燃燒在酒神的酒麴裡
月神的眼被濃煙給遮蓋

月神出現在黑暗的淚裡
將仇恨葬在百合花裡
迴盪的槍聲被月神收回
彩虹在清晨的陽光再次出現

Bintuhan mas pushu

Maz a samanghan a baintuhan a

Mas

Sananastuan tu pushu a

Hai

Maitasa a naia

Maz a mataz a

Mas

Minhumis a

Hai

Maitasa a naia

Maz a iktuus mais mataz

Hai

Mi'uluk mihumis

Maz a bunun mais haltumunin

Hai

Musuhis mais malinamantukin kaullumah

A

Kazik ka isnasaintin

星辰與塵埃

仰望的星辰
和
俯瞰的塵埃
是
一體的

死
與
生
是
一體的

種子若是死了
就會
長出新芽活出生命
人若葬了
就會
在坐正了時返回家裡來
啊
我只是落在這裡

Nungsiv

Ininkadaan mas sing'av

Ininkadaan mas tus'a

Ininkadaan mas dumdum

Ininkadaan mas singhal

Ininkadaan mas bunun

Aikusnadaan mas bizakbizak

Aikusnadaan mas 'iv'iv

Aikusnadaan mas luum

Aikusnadaan mas luvluv

Aikusnadaan mas minihumis

Kinitngaban mas tanasvili mas tanaskaun

Kinitngaban mas maluspingaz mas mabananaz

Kinitngaban mas labian mas hanian

Kinitngaban mas madikla mas mamantuk

Kinitngaban mas islulus'an

Ni tu susuhtian

Ni tu lalatmuzan

靜

聲音的起源
宇宙的起源
黑暗的起源
亮光的起源
人類的起源

動的來處
氣的來處
雲的來處
風的來處
生物的起始

左與右的起點
女與男的起點
夜與日的起點
正與邪的起點
祭儀的起點
不會乾涸
不會滿溢

Ni tu mamataz

Mal'a'aiza malmamaupa

Manungsiva

.

.

.

Bukun 1H. 12B. 2003P

那瑪夏鄉的靈山

不會死亡

存有的狀態

靜　肅

.

.

.

完稿於半圭藝術咖啡

2003 年 12 月 1 日

Sikvin

Panpupushuan

Pankatukatuan

Daan tu aluaz

Panhaizuzuan mas vali

Sikamuzutan mas 'iv'iv

Sihahabinan mas buan

Panadaan mas minintainalu

Intitivian mas bintuhan

Sasalungan mas naung

Ul tu havit

Tangkalilis tu taluhan

Ismumudan mas kanlalabian tu bunun

Paituhtuhan mas IIsu

Painadaan mas Laucu

Ailinihian mas Amituhut

Panhaizuzuan mas vali

角落

灰塵停滯的地方
蜘蛛織網的地方
老鼠的路徑
太陽迴旋的地方

微風蜷曲的地方
月亮藏身的地方
孤兒落腳的地方
星星探視的地方

貓潛伏的地方
百步蛇的石窟
大耳鬼的居寮
夜行者取暖的地方

耶穌被釘的地方
老子落腳的地方
釋迦牟尼盤坐的地方
太陽迴旋的地方

Itu tina tu minutaul tu bahbah

Ni a mata isusuhtisas bahbah

Aupa bahbah hai

Maikusna'asang tu danum

Mais mutmutan tu lu'umam

Hai

Ni a bahbah ishuhuntan

I

Munanaul a kaihanimulmulan mas danum

Pandulpinan a mata labian

Aupa bintuhan

Hai

Maszang itu tina tu malbabahbah tu mata

Maz a taimazamazav a bunun

Hai

Itu tina tu minutaul tu bahbah

媽媽流走的淚水

眼睛的淚水從未乾涸
因為淚水是
故鄉來的河水

在雲霧的日子
裡
淚水從不停歇
因為
哀傷會不停地提水

夜裡的眼睛是昏花的
因為　　　星星
就
像媽媽含著淚水的眼
流浪的人
是
媽媽流走的淚水

patasan masa ta'aza tu mudanin a

nastamadahu (itu nastia tu masinauba)

23H. 12B. 2003P. sia tusi

Adu udiipang a baning a

Ungadahas ivut a sinuk tu hashas kan'asang

Paszang a sinuk mas bahbah tu hashas lananastu dalah

Sakakivanang mas hazamtia a maisinuk a

Hai

Altusnuas aluaz a maisnuk kasinuk ngadah dalah

Ka'asangas bihusaz a sia asang-Bunun

Sangkuaskuas a Bunun maszang tastas tu pantistis batu

Kaungan a ilav malunsukut masa maudaan

Hai tu

Kaata na aizang a sikal a mahtu pakasiuhan i

Minpu'uhazin a kaisuduan

Muntunuhin a isia daisah a hinutunas batu a hutun a

Kaupis valus binuh a saduanang

Kaata udipang a maibading i

Minmai'asangin a asang

Min'ispahahainan a maihais tu hahanupan

不知爐灶還在否

哈斯哈斯鳥的鳥巢被蛇給侵犯
哈斯哈斯鳥的淚水和鳥巢同一刻落地
鳥看了鳥巢最後一眼
時
老鼠已迅速地將鳥巢在地底下舖成鼠窩了

虎頭蜂在布農人的家築巢
布農人像瀑布打在石頭上一樣的四散奔竄
離開時門給忘了關上
可是
不知道還有沒有隙縫可以穿入

柵欄已腐朽了
廣場前的石牆已傾圮
只有藤蔓和羊糞能見著
不知道爐灶安在否

家居成了故鄉
獵場的界線成了

mas ni tu pislalai tu bunun

Aiza situngkal mas maibaning tu imai'asang

Hai

Pupunu a maihabu

Maszang

Pupunu tu malansas luvluv kusbabai

Bukun 1H. 1B. 2004P

不吟唱祭槍歌的人的笑柄

有人掀起故鄉的爐灶

卻

煙飛塵揚

像

蒲公英一樣隨風飛散而去

卜衰完稿於2004年1月1日

Na asa tadau sumbang

Itu mailantangus tu patiskulazan

Itu minihumis tu pailismadaingazan tu kuang

Sima bin haus maipinvavaz minihumistin i

Malansan a minihumis mas tus'a minvaivivaivi

papandu sia dalahtin

Kaupa mas bunun haiap tu maivia tu na sumbang

Kaupa mas bunun haiap

Maz a bunun a minihumisan

Hai

Maszang

Titi tu tangkakaun

Maszang

Iahlulua tu tunsisilav tunhaulili sia danum

Kaupa mas bunun mahansiap tundadanum

Kaupa mas bunun mahansiap

Sinauzan amin a itu bunun a tanaskaun mas tanasvili

mas sial mas kuang tu hanitu

我想要呼吸

祖先的噩夢
所有生物性器官的惡
是誰將生物給分類了呢
生物隨著宇宙變成各種各樣
降落在大地上
只有人類知道為什麼要呼吸
只有人類知道

人類這個生物
就
像
野獸一樣的尋覓食物
像
螞蟻乘葉片漂浮在水面上
只有人類會乘水行進
只有人類會

人類的右肩和左肩
都被種植過善與惡的精靈

Maupa mas tus'atin tu sinuazas talabal mas hamisan

Tiskakapat a bunun tu tismaimadaingazan tu kuang

A minmamantuk a bunun mais madahpa tu tiniskapat

Kaupa mas bunun mathas tu sinauzan

Kaupa mas bunun mathas tu sinauzan

Pinvaiun a ami'amin mas madaingazan

Ni tu palkaknuan mas ami'amin a paitiskulazan mas mailantangus

Kan'asangus tinunsilav tu iahluluadiav a asang

Sisis'an sia tinunsuhaisan tu mai'asang

Maikusnadihanin a maduhlas a mahaiav latubuk

Patupdatan mas ma'ailadu tu madanghas tu hua

Aumutun a kaimin

Niin a kaimin masial sumbang

Uvaivan a kaimin mas mapaing tu mahaiav matubuk

Tupa mai'uvaiv tu

Napiszangun a mahaiavas dihanin

At

Namasialinam sunbang

Hai tu

Palunbantiahas maduhlas tu kaliungliung tu

好比天候被種植了夏季和冬季

人類常因性器官的惡而跌倒

卻在跌疼時反悔

只有人類清楚已種植過了

只有人類清楚

神的能力被性器官打敗

祖先的噩夢無法被神能扳動

家居被乘著樹葉的黃蟻給侵犯

在退守的故居喘著氣

天上蓋下了 一塊白色的布

貼上一個紅的圓的符咒鎮壓

我們被悶住

無法好好的呼吸

舖蓋我們的布被藍布給換下

換下的人說

要將布變成天空一樣

那麼

呼吸就會順暢了

不過

卻鎮以白色芒刺的

Masan han dusa tu tapiling

Maszanginim mas ivutaz tu ladumdumas batudaingaz

Sidadaingin a kaimin mais na susunbang

Si'avanim ma'uvaiv mas masanglav tu mahaiav matubuk

Tupa mai'uvaiv tu

Napiszangun a mahaiavas libus

At

Na maszangin a imu sinumbangan mas mailantangus tu imu

Hai tu

Maszang a maitubuk mazami mas halivikul tu

Ni tu mahtu kahtisan

Palunbantiahan a kaimin mas batudaingaz

Paka'apavas dusa tu masaibalat mas masitangsi

Tu mapasihaibaz tu hau lukis tu issasahdil

Lissaukan liskauduzan a kaimin

Mastanin a kaimin tu ma'umut tu miahdi mais sumbang

Mailansipatunin tu paitiskulazan

Tupa madadaingz tu

Maz a kuangan hai malan'ima

十二支圍成的小胸刀

我們像被大石頭壓在昏暗底下的小蟲子

我們使勁才能呼吸

我們鋪蓋的布被掀起換成綠色

換下的人說

要將布變成森林一樣

因為

要將你們的呼吸變成和遠古祖先的呼吸一樣

不過

蓋我們布的人像赤尾青竹絲

不能被踩到

而且把我們鎮壓在一塊大石頭

上壓一支橫的和一支直的

相互交叉的的木柱的銷

我們身體被壓躬了被壓彎了

心裡鬱悶呼吸更加困難

噩夢已經傳了四代

老人家說

罪惡將留傳五代

Itu pailis'unias madaingazan tu dikla

Itu taingka'usaviah tu paitiskulazan

Kaupa mas bunun mathas mahansiap tu maivia tu na asa sunbang

Kaupa mas bunun mathas mahansiap

A

maz a saikin

Hai

Ka

Na asaang sumbang mas itu mailantangus tu kaisamuan

patnahtungan Bukun 13H. 3B. 2004P. 14 : 07

源自性器官的惡

母親氏族烏紗崖後裔的噩夢

只有人類清楚知道為什麼要呼吸

只有人類清楚知道

而

至於我

呢

只不過

還想呼吸祖先的制約

註：布農族人稱玉山為烏紗崖。

國家圖書館出版品預行編目資料

卜袞雙語詩集──太陽迴旋的地方／卜袞・伊斯瑪
哈單・伊斯立端著. ── 初版. ── 臺中市：晨
星發行；臺北市：知己總經銷，民98
面；　公分. ──（台灣原住民；58）

ISBN 978-986-177-281-3（平裝）

863.851　　　　　　　　　　　　　　98006773

台灣原住民 58

卜袞雙語詩集
──太陽迴旋的地方
Panhaizuzuan mas vali

著者	卜袞・伊斯瑪哈單・伊斯立端（Bukun.Ismahasan.Islituan）
編輯	陳 佑 哲
封面設計	施 敏 樺
排版	黃 寶 慧
攝影	荒 野 保 護 協 會 高 雄 分 會 提 供

發行人	陳 銘 民
發行所	晨星出版有限公司
	台中市 407 工業區 30 路 1 號
	TEL:(04)23595820　FAX:(04)23597123
	E-mail:morning@morningstar.com.tw
	http://www.morningstar.com.tw
	行政院新聞局局版台業字第 2500 號
法律顧問	甘 龍 強 律師
承製	知己圖書股份有限公司　TEL:(04)23581803
初版	西元 2009 年 6 月 15 日

總經銷	知己圖書股份有限公司
	郵政劃撥：15060393
	〈台北公司〉台北市 106 羅斯福路二段 95 號 4F 之 3
	TEL:(02)23672044　FAX:(02)23635741
	〈台中公司〉台中市 407 工業區 30 路 1 號
	TEL:(04)23595819　FAX:(04)23595493

定價 250 元
（缺頁或破損的書，請寄回更換）
ISBN 978-986-177-281-3
Printed in Taiwan

財團法人｜國家文化藝術｜基金會
National Culture and Arts Foundation　贊助

◆讀者回函卡◆

以下資料或許太過繁瑣，但卻是我們瞭解您的唯一途徑
誠摯期待能與您在下一本書中相逢，讓我們一起從閱讀中尋找樂趣吧！

姓名：_____　性別：□ 男　□ 女　生日：　　／　　／

教育程度：_____

職業：□ 學生　　　　□ 教師　　　　□ 內勤職員　　□ 家庭主婦
　　　□ SOHO族　　□ 企業主管　　□ 服務業　　　□ 製造業
　　　□ 醫藥護理　　□ 軍警　　　　□ 資訊業　　　□ 銷售業務
　　　□ 其他_____

E-mail：_____　　聯絡電話：_____

聯絡地址：□□□_____

購買書名：卜袞雙語詩集──太陽迴旋的地方

‧本書中最吸引您的是哪一篇文章或哪一段話呢？_____

‧誘使您購買此書的原因？

□ 於_____書店尋找新知時 □ 看_____報時瞄到 □ 受海報或文案吸引
□ 翻閱_____雜誌時 □ 親朋好友拍胸脯保證 □_____電台DJ熱情推薦
□ 其他編輯萬萬想不到的過程：_____

‧對於本書的評分？（請填代號：1. 很滿意 2. OK啦！ 3. 尚可 4. 需改進）

封面設計_____ 版面編排_____ 內容_____ 文／譯筆_____

‧美好的事物、聲音或影像都很吸引人，但究竟是怎樣的書最能吸引您呢？

□ 價格殺紅眼的書 □ 內容符合需求 □ 贈品大碗又滿意 □ 我誓死效忠此作者
□ 晨星出版，必屬佳作！ □ 千里相逢，即是有緣 □ 其他原因，請務必告訴我們！
_____

‧您與眾不同的閱讀品味，也請務必與我們分享：

□ 哲學　　　□ 心理學　　□ 宗教　　　□ 自然生態 □ 流行趨勢 □ 醫療保健
□ 財經企管　□ 史地　　　□ 傳記　　　□ 文學　　　□ 散文　　　□ 原住民
□ 小說　　　□ 親子叢書　□ 休閒旅遊　□ 其他_____

以上問題想必耗去您不少心力，為免這份心血白費
請務必將此回函郵寄回本社，或傳真至（04）2359-7123，感謝！
若行有餘力，也請不吝賜教，好讓我們可以出版更多更好的書！

‧其他意見：

更方便的購書方式：

(1) 網站：http://www.morningstar.com.tw

(2) 郵政劃撥　帳號：15060393

戶名：知己圖書股份有限公司

請於通信欄中註明欲購買之書名及數量

(3) 電話訂購：如為大量團購可直接撥客服專線洽詢

◎ 如需詳細書目可上網查詢或來電索取。

◎ 客服專線：04-23595819#230　傳眞：04-23597123

◎ 客戶信箱：service@morningstar.com.tw